花鷹律韻

藍天隱吟

戊戌之夏

亭高

飞鹰雅韵 蓝天随吟

Feiying Yayun Lantian Suiyin
Jinwenya Shiciji

——靳文雅诗词集

靳文雅/著

四川民族出版社

图书在版编目（CIP）数据

飞鹰雅韵 蓝天随吟：靳文雅诗词集/靳文雅著.
— 成都：四川民族出版社，2019.4（2021.9 重印）
ISBN 978-7-5409-8226-3

Ⅰ.①飞… Ⅱ.①靳… Ⅲ.①诗词—作品集—中国
—当代 Ⅳ.① I227

中国版本图书馆 CIP 数据核字（2019）第 048619 号

飞鹰雅韵 蓝天随吟
——靳文雅诗词集

靳文雅 著

出 版 人 泽仁扎西
责任编辑 曾荣兵
装帧设计 四川胜翔
责任印制 刘 敏
出版发行 四川党建期刊集团 四川民族出版社
邮政编码 610091
地 址 成都市青羊区敬业路 108 号
照 排 四川胜翔数码印务设计有限公司
印 刷 永清县晔盛亚胶印有限公司
成品尺寸 145mm×210mm
印 张 3
字 数 80 千
版 次 2019 年 4 月第 1 版
印 次 2021 年 9 月第 2 次印刷
书 号 ISBN 978-7-5409-8226-3
定 价 30.00 元

序

　　我是靳文雅的母亲，从事教育工作近40年。女儿一直是我的骄傲，从小品学兼优。她高中毕业于河北正定中学，高考第一志愿是厦门大学，特殊志愿是原空军长春第一飞行基础学校。女儿在《蓝天女英豪》一书中被称为"高考女状元"。

　　文雅从小喜欢文学，小学三年级时，曾经在我的鼓励下向《中国少年报》投稿，小学时就看完了高中语文课本。19岁时，她在《长春晚报》发表处女作《从这里起飞》。她喜欢读书、写作、运动、旅游，是一个充满活力、阳光纯洁的革命女军人。

在女儿文雅的诗词整理出版的准备时期，正好我来成都探亲，高兴欣喜之余，自告奋勇想给此书作序，原因一是自豪，二是鼓励，三是欣慰。女儿角色多重，不论是作为孙女、女儿、姐姐、妻子、母亲、儿媳，还是作为嫂子、弟媳、姑姑、婶子等，她都做得比较好，勇于担当责任，勇于自我奉献和约束，她在哪里，就为那里带来一片阳光。

独乐乐不如众乐乐，读了女儿的作品，我激动之余还是比较惊讶的，文雅能在繁忙的飞行、工作期间，把各种体验真实地用诗词的方式重现出来，能够发现美、善于欣赏美、积极创造美、努力传播美，对真善美的孜孜以求实在难能可贵。

古典诗词浩如烟海，文雅的作品有的略显稚嫩，有的我认为可称得上佳作，仁者见仁，智者见智吧！非常感谢真心帮助过女儿文雅的各界朋友们！也非常希望读者能喜欢这些作品。

张李

2018年6月

前　言

　　希腊文中"诗人"一词就是"创造者"之意。我不是诗人,可我感觉心里总是有一支笔在动,逼得我脑子里满是不写不快的冲动。世界上最好和最美的东西是看不到也摸不到的,他们只能被心灵感受到。好的作品并不是作家简单用笔写出来的,而多是用生命、用爱、用非凡的经历煎熬提炼出来的。我的诗词则是根植于我热爱的蓝天飞行工作和生活点滴,也是我对真善美的执着追求的真实写照。

海伦·凯勒说过："一个人如果感觉到了高飞的冲动，就绝不甘于在地上爬。"1989年8月23日，18岁的我告别了飘飘长发和摇摆的裙裾，抖落一身娇气，带着"高考状元"的傲气，只身来到了位于长春南湖湖畔的原空军飞行基础学校（现空军航空大学），一名充满稚气与憧憬的女中学生从此跨入了通向蓝天之路。在这条路上，我抛弃了许多女孩子的梦想，也逐步明白了"十年磨一剑"的道理。从此年轻的心拥有了稚嫩的翅膀，生活每一天都是新奇的。年轻的翅膀好绚丽好轻盈，年轻的我像一只雏燕，有一种强烈的渴望，暗下决心不论明天的风霜雨雪如何剥蚀我的人生，也不改变美好的初衷，更不辱没飞在蓝天白云间的志向。可现实是入学三个月，基本上都是大强度的训练，枯燥的政治教育，无休无止的打扫卫生、整理内务……这让从小想当科学家的我，心理上有多么大的落差啊！面对这些我不停地叩问自己的灵魂，在经历了艰难困苦的洗礼，我逐渐领略到生活的真谛，年轻的心也逐渐丰盈起来。如果说18岁的选择是冲动加幻想，随着时光流逝，我逐渐对飞行完全热爱并深深领悟——翅膀不能停止飞翔，否则翅膀就会失去力量。同时，也理解了老飞行员为什么飞行时总是神采飞扬。在蓝天白云间人机合一自由飞翔，在海阔天空的舞台高声歌唱，生命就会永远年轻而美丽。

习主席在五四青年节讲话时指出：现在，青春是用来奋斗的；将来，青春是用来回忆的。我整理作品过程中，过往经历清晰重现，对主席这些话颇有感触。奋斗的青春最美丽，撸起袖子加油干吧，我们生逢盛世，要用诗词歌之记之。

2018年6月

目　录

第一部分　飞行篇

第二部分　爱情篇

第三部分　亲情篇

第四部分　友情篇

第五部分　游记篇

第六部分　闲情篇

FEIYING YAYUN
LANTIAN
SUIYIN

第一部分
飞行篇

沁园春·飞翔

云山之巅，日月辉煌，铁翼翱翔。观神鹰飞掠，闪闪发光。空中巡战，矫健铿锵，士气高昂。我愿天空常气祥，无雷霆，享风和日丽，天佑安康。

青春无尽张扬，炼天宇鲲鹏飞将忙。自上世纪末，飞天漫舞，高原大漠，任我徜徉。天地之间，心驰神往。遥向空天寄厚望，祈和畅，卫天疆万里，再铸辉煌。

[题记] 腊月天里，军队几级军事训练会议结束，下午我在办公室里学习文件，倍受鼓舞，有感而发，遂填词一首。

2015年1月30日

清平乐·念飞和田

江湖有意，梦想仍奔驰。鸟瞰大山千万眼，更爱雪峰冰洁。

纵览万里蓝天，卫国强训非凡。起落随心平淡，朝夕万里河山。

[题记] 我第一次飞到新疆和田，很是兴奋，早晨5点钟便醒了，再未睡着。一天来回飞了近11个小时，真是不到新疆，不知道祖国有多大啊！

2016年5月9日

鹧鸪天·飞行

蓝天白云雪峰娇，阳光灿烂河山妙。峨眉含翠邛崃俏，驰电飞行舞到老。

时易逝，文空妙，闲情且付与花草。莫言初夏风光盛，恍恐岁龄惹人恼。

[题记] 今天飞行，天气好，空中能见度极佳，大好河山尽收眼底。可是，时光飞逝，已至45岁。虽然常常感觉青春之心依旧，走路带风，然半生已过啊！

2016年5月12日

一剪梅·偶书

复始一元新开年。腊岁欢喜，人尽展颜。
银鹰一任舞长空，苦练精飞，志在蓝天。

卫祖国魂绕梦牵。千万官兵，保卫平安。
丹心一片祝空军，快马扬鞭，伟业更展。

[题记] 元旦刚过不久，春节临近，空气中仿佛都
有年味儿了，大家脸上笑意多了，任务也不重了。

2013年1月12日

春 飞

铁翼早春飞何地,往和田寻意。望众山覆盖层雪,沙漫白云低。

柳青桃艳雨轻浥,看蝶花丛里。故人辞去戍边关,建功业,报国志。

[题记]飞到和田,因银川未能接收,故在和田小住一晚。见到几位老战友,非常高兴,也有感慨。成都已然春意满园,而此地却依然冬天。

2018年3月14日

飞

昂首蓝天话翱翔，飞跃九重，天际远航。

一心不渝建功名，深夜忧思，血气高昂。

我伴云霄与风扬，俯瞰遨游，气壮神长。

天骄岁月情悠悠，为梦追求，不惧繁忙。

[题记] 每年的3月8日妇女节，很巧的，我几乎都在工作岗位上，有好几次都是在飞行，工作的时候我经常忘记自己的性别。

2015年3月9日

8

FEIYING YAYUN
LANTIAN
SUIYIN

第二部分
爱情篇

贺爱人生日

天府白云，锦江河畔，郎君庆生。想投身军旅，飞天茫茫，披星戴月，朝夕涟涟。岁月如梭，若谈笑过，有声有色亦甘甜。银杏黄，看秋意渐浓，情暖心间。

夫妻携手比肩，亲友赞，似恩爱典范。数过往时日，互励互勉，教儿艰辛，齐眉举案。君行高洁，家国并重，愿为人民做贡献。传美名，建和谐家园，年华璀璨。

[题记] 今天丈夫言强40岁生日，先前我俩都没专门摆席过过生日，这天适逢周末，邀约几位朋友小聚。饭毕，提及过生一事，当众将此词朗读，气氛热烈。

2010年10月25日

情深意长

　　一心相属岁月中，出逢北国，昨日关中，今岁天府。任蓝天碧水，高山流云，细雨轻风，你我奔波这久，也算是追求人生。饮过了万杯茶、千盏情、百把泪，还保有一片心、十分爱、两个梦，淡定从容，伴君行。

　　缘分天注定，心海早相通，比肩人生路，相互支持行。将惆怅、羞恼、寂寞、烦恼都抛却，把忠诚、理解、宽容、和善拥怀中。人生难得是相知，深记比翼双飞日，情缱绻，爱意浓。

[题记]儿子鲁鹏今年到西安空军工程大学导弹学院上学，我们重新开始过二人世界，好像又回到了年轻时候。

2013年12月1日

送蟹感怀

满怀深爱，夫探妻，总是两情相悦。关中天府，传诵着，夫妻比翼蓝天。春夏秋冬，花开花谢，喷涌万般爱。鲜蟹肥美，感谢夫君惦念。

抚掌含笑忆昔，初见郎君时，英姿稳重，品性内敛。对视间，你我再难忘怀，相知相恋。郎今飞车来，文君故里，小酌永叙恩爱。

[题记] 有朋友空运两小箱阳澄湖大闸蟹，我在部队，爱人从双流机场接到蟹，连夜开车给我送来，我心里美滋滋的。

2013年11月13日

悦游剑门关

俯首凝眸挥汗雨，临隘生思，过往多呈现。诸葛呕心聚关楼，号声香彻鸟鸣涧。

爱侣游途披星月，梁山寺归，心意凭谁问。鸟道屏息花烂漫，唏嘘相挽情无限。

[题记] 买第二辆车昂克威几天，正值清明，说走就走，去了剑门关。果然道险，像我俩这样好的身体，都几次感觉坚持不住，停下来歇一歇，再歇一歇。

2015年5月4日

邛崃相见

　　轻嗅海棠雨微微，无限春意，静待无霄会，绿柳百花摇曳舞，感君一诺飞车至。

　　愿把柔情香软，燃点红烛，无酒还如意。比翼飞天跨世纪，相偎相依永甜蜜。

　　[题记] 周末及节假日我在部队值班，丈夫言强是一定要来陪我的，我内心也很感动，身在其位值班多，丈夫毫无怨言，我是真的感动。

2015年3月5日

生日颂歌

昨日晚霞灿若锦，

今朝红日耀清晨。

蓝天大厦相映趣，

西餐小店真怡人。

遥看雪峰为近邻，

人人惊叹蓉城美。

生日礼物表情意，

身着新衣更青春。

[题记] 今天45岁生日，得遇成都千日一见的好天气，中央电视台也播报了成都市区能清晰地看到西岭雪山美景的新闻，网友们感慨万千，说古人没有骗我们啊！

2016年7月15日

FEIYING YAYUN
LANTIAN
SUIYIN

第三部分
亲情篇

儿子上军校寄语

鲁鹏高考，金榜中、空军学府。时酷暑，好友相聚。薄酒家宴，深谢大家谈励志，众人劝勉应牢记。好男儿，要保家卫国，多奉献。

勤学习，苦锻炼，尊师长，惜光阴。发愤图强际，喜投军旅。他日扶摇忽顿首，缘来再把恩情补。鹏展翅，揽壮阔人生，气壮人生军旅，欢颜现。

[题记] 饭店摆两桌酒席小聚，一是叙友情，二是对儿子侯鲁鹏激励鼓励提要求。

2013年8月16日

儿子入学感言

叮咛殷殷儿勿忘，父母重托，自己承诺，师友期盼。愿军校期间，尊师敬长，遵章守纪，勤学苦练。缘系关中天府，今始军旅起航。共生活十几年，有欢乐，有泪光，总是不期而至。全部爱，一片心，望子成才，伴儿行。

展眼望明天，青春绽放时，风鹏正欲举，挥手亦激昂。将遗憾、纠结、烦扰、倦怠都抛却，把奋斗、勤奋、守纪、创优紧把握。人生难得是精彩，祝福鹏儿勇向前，学优秀，体康健。

[题记] 想到儿子高考失利，将要去西安他的出生地入伍上军校，感慨万千，昨夜不能安睡，作此文与儿子鲁鹏共勉。

2013年8月27日

泣送奶奶

飞跃千山和万水，泪洒衣襟往家奔。

断壁残窗儿时屋，四顾茫然心无助。

奶奶启蒙德与善，阴阳两隔思无限。

十二辞别求学去，南来北往匆匆见。

我儿二十仍是孙，闻听仙逝泪滂沱。

临乡情怯追魂魄，左眼微睁犹等我。

喊声奶奶肝肠断，哀乐哭灵在耳边。

披麻戴孝出南门，麦黄千里送奶奶。

磕头扑地声声泣，哀诉奶娘千千好。

无风微雨灵堂处，靳府田氏太君位。

孝子孝媳孝孙辈，叩首几番泪涕零。

可亲可敬众乡亲，忙前跑后齐出力。

雨星飘落倏然去，天空湛蓝见太行。

奶奶一生德高洁，驾鹤西去往极乐。

在世不给添麻烦，离去无疾安睡时。

奶奶灵柩停放日，石门颜值最高际。

入土为安跪别去，石门大风连五日。

一愿奶奶借风力，往登极乐福寿地。

二愿奶奶千世好，世世代代享安康。

年逾九旬老奶奶，不吃药片吃山药。

口德好处人人记，无是无非人人爱。

心胸宽大能装事，身体力行解人困。

善良热心见人亲，从不对人多抱怨。

祝福奶奶天堂好，儿孙再拜三年祭。

庇护风调又雨顺，保佑子孙世代好。

[题记] 我幼时2岁左右即由奶奶带，一直到12岁住校。奶奶对我一生影响很大，她独立自强、善良、有爱心、有骨气、胆子大。

2015年7月23日

蝶恋花·与母同游

游历苏杭爱满满，欢声笑语，甜蜜时时在。春花娇艳杨柳青，母女湖畔游兴浓。

外滩流连几回往，拍照千张，容颜俏依然。相挽相伴四月天，母慈女娇情意长。

[题记] 四月份我去杭州疗养，专程接上母亲。顺路又去了苏州、上海等地。奶奶去世一年，母亲才有时间出来，她很高兴，说仿佛回到了学生时代，不用做饭买菜，走路有时都哼着小曲。

2016年5月5日

悼奶奶周年

祖母去年高寿去，归家不闻语。踌躇踯躅老屋前，犹记生前音容与嘱托。

孙女难忘养育恩，深夜时梦起。谓我平生多孝顺，可怜半生相思追天西。

[题记] 奶奶去世一周年祭，我正好去北京开会，顺道回老家一拜。明知生老病死自然规律，可奶奶离世，却让我痛彻心扉。

2016年5月18日

家庭一聚

京城西山，会后高铁，周末回石。雨洗烟柳，会面老友，伏天知情意！立秋时节，微风天气，还好并无骤雨。归故乡，三代同堂，惊喜农村新貌。

中年孝意，老父生辰，儿孙相聚云栖。小桥流水，亭台花簇，把盏笑意浓。拍照留念，春风满面，缓步流连忘返。车驰去，东观西望，欢声笑语一片。

[题记] 时值父亲生辰，农历七月初二，我从北京赶回石家庄，在云栖聚餐。新农村真是让我大开眼界，为之一振，社会主义下的新农民真幸福！

2016年8月10日

FEIYING YAYUN
LANTIAN
SUIYIN

第四部分
友情篇

蓉　聚

春夜锦里聚大妙，欢笑情思豪。天女喜芳华，五代同堂，携手星云闹。

话真意切叮咛牢，蓝天人多娇。快意写人生，漫舞欢颜，可肯浮名抛。

[题记] 第三批女飞行员刘晓连将军大姐到成都来，第五批大姐程晓健召集我们第六批、第七批、第八批几个蓝天姐妹于大妙火锅就餐。

2015年3月10日

同　学

　　京城聚首时日短，少年童心犹在，明月高悬。正巧是，年中十五相逢。抚发轻叹，香山石径，复又忆当年。夏风扑面，思绪忽清忽乱。

　　追忆近三十年，十二岁初见，读书相伴，蒙童稚幼，眨眼间，人生如日中天。几番回首，交流畅无间，一片释然，情怀常在，永驻长空展颜。

　　[题记] 我去北京开会，与几位初中同学小聚，有说不完的话。那么多年过去了，亲切感竟与日俱增。

2013年8月14日

盼　聚

相见相识，京畿处、空军学府。互帮助、青春韶华，激昂文字。两载半勤学苦读，九百日友情铸就。勿相忘，昔日同窗情，共保重！

颐和园，香山旁。梅雅芳，三朵花。祝同学，开心幸福安康。酒浓情浓挥不去，抚掌笑傲天地间。每十年，重聚话友情，尽欢畅。

[题记] 2003年我指挥学院研究生毕业，北京同学召集准备毕业十年聚，心里高兴，填词一首。

2013年7月4日

暮春访金陵、眉山

华东情盛，故友连新朋。走马观花无数处，最喜牛首佛顶宫。

水畔花间弄姿，间诗亭榭高楼。眉山凭吊文豪，归来才思泉涌。

[题记] 在南京，与我初中同学周润素毕业后初见，她陪同游览金陵名胜，同事负责拍照，盛情一片。回来后我又与爱人一起去三苏祠小游，遂填词记之。

2016年5月30日

访红谷

欣然应友约，曲径车行。红谷翠山修竹长，白云绿茶春风醺。时光正好。

随缘瞻红军，石塔伫立。人道自然养生好，且饮蒙顶沁心脾。谁浮名累？

[题记] 应国华之约，我与爱人一同造访红谷，在图书馆小坐浏览。午餐后回程，我们拜谒了四川红军长征纪念馆。

2016年3月5日

诉衷情·初夏

清凉夜静友初访，窗外明月朗。香樟绿意正好，花醉弄姿容。

青杏嫩，樱桃红，枇杷黄。白云飘逸，蓝天清透，意雅茶香。

[题记] 晚上八点钟，朋友来小坐，带一小筐樱桃。我正好有蒙顶山明前茶，聊天甚欢，记之。

2016年5月12日

秋　约

明月皎皎蛙声唱，初秋夜朦胧。白果累累满枝头，骄阳伴蝉鸣。

暑未去，热依然，再凝眸。相约仲秋，千言万语，可诉衷情？

[题记] 为赋新诗强说愁，从南京归来，我与同学相约秋天到成都来玩，润素一口答应，能否来呢？秦淮河上的明月几时可告之？

2016年8月16日

邛崃相见

日月交流，缘分长，金秋两度相逢。军旅生涯，展翼飞，怀拥蓝天白云，骄阳明月，惺惺相惜，偶然能相见，首都蓉城，悠然美好回忆。

任时光匆跃过，今朝亦年轻。勤学历历，神思熠熠，天眷顾，翱翔空天儿女。临邛古城，千秋西岭雪，映万国伞。殷殷问候，何时还可重逢？

[题记] 国际第37届军事跳伞比赛在邛崃举办，盛事一场，空军很重视，郑群良副司令员带队并在开幕式上致辞。

2013年9月28日

36

沁园春·校庆

燕州佼佼，正定中学，华诞百年。想自离学校，携笔从戎，振翅蓝天，屡立军功。深夜静思，凭心自问，报国投军志何来？师长教，忆学习辛苦，秉烛夜读。

三年三点一线，喜高考状元航校取。幸正中校训，身正心定，闳中博学，教我勤修。涤荡灵魂，追求善美，铁翼蓝天诗意生。今校庆，有校友云聚，共话辉煌。

[题记]母校正定中学105周年华诞，我有幸应邀参加。阔别28年，校园面貌一新，不变的是莘莘学子青春洋溢的模样。我激动之下围绕树立远大志向给高一新生讲了一个多小时，青春真的是用来奋斗的！

2018年9月5日

FEIYING YAYUN
LANTIAN
SUIYIN

第五部分
游记篇

闽南行

初冬闽南追梦去，德化磁白，桑莲逍遥，
泉州清源自问道。

少年自生厦大情，不为风光，更是销魂。
鼓浪屿上日光好。

[题记] 偷得浮生半日闲，匆匆闽南行程，补了许
多文化见识。泉州了不起，鼓浪屿风光好，厦门大
学是我高考填报的第一志愿，此行圆我少年梦。

2016年12月7日

青海行小记

　　夏日青海，原子城围金银滩。草绿花芬，旅途心意飞。

　　仓央何在，目断湖天线。人欲静，茶清语轻，偶忆旧时光。

　　［题记］"因过竹院逢僧话，偷得浮生半日闲。"青海夏日气温低，藏文化深厚，原子城参观使我很受教育。从车里望过去，青海湖面倒像是高过岸上的路基，从天边斜扑而来，湖水湛蓝。

2017年7月27日

与家人夏游

西昌邛海消暑，水面栈道清幽。泸沽湖畔
且小住，泛舟直登岛，驱车美景游。

三塔相生静伫，大理城头目遥。洱海侧畔
采荷花，石林踯躅行，丽江古城秀。

[题记] 2015年8月份，我们一家三口自驾游，
从成都出发到西昌、丽江、大理、昆明，然后回
蓉，凉快、景美、自然与人文融为一体。

2017年3月4日

访五凤溪

五凤溪秀，豆饼飘香游人众。古建厚重，满街笑语声。

薄裳飞车，郎君载我游。沱江畔，深情凝眸，爱意如夏浓。

[题记] 五凤溪是成都一个古渡口，当年成都半城的白糖都是从这里船运而来，水清林秀，沿街一排古朴的特色小旅馆很吸人眼球。

2017年5月8日

再去花水湾

俀然临风意迷离，山溪清澈，呢喃羡雾雨。侧肩相扶柔声细，温泉无语弄湿泥。

黑蝶恋花美景醉，半日闲情，穿越山水里，人生美意暖心间，云峰高处行少年。

[题记] 不是第一次去花水湾了，那是一个以温泉为胜的地方。夏日黄昏，其别有一番意境。

2015年7月15日

保定一日

秋日邀约保定行，京畿之门初见，老友欢笑喜相逢。总督府到访，古莲池惊羡。

慷慨激昂地道战，石榴红枣相伴，未去保定白洋淀。中秋佳节近，驴肉火烧香。

[题记] 会议休息一天，小学同学会英在保定邀我多次，今天成行。保定曾为河北省会，历史文化深厚。

2016年9月18日

游　园

草堂苦竹绕清风，

石榴花红映窗棂。

水润小荷心何处，

瞻仰诗圣万人情。

[题记] 在杜甫草堂参观，走来走去，走来走去，恋恋不舍。旅游团一个接着一个，散客人也不少，这里是闹市中一片清净地。

2016年5月15日

端午草原行

仲夏端午游阿坝，驱车行时，云山雾林绕。川主寺庙金光闪，文成公主佳话传。

花湖草美花海俏，笑脸游人，黄河湾中闹。感慨红军长征难，故朋巧逢游兴好。

[题记] 端午节三天假，爱人极力主张去若尔盖大草原，我倒是犹豫不决。感谢言强同志的决心，花湖花海及沿途景色美不胜收。昔日红军长征千难万险拿命相搏，今日游客盛装拍照留念，不忘初心，感慨万千。

2018年6月19日

游花舞人间

郁金香艳杜鹃红，

海棠依旧闹枝头。

水暖小舟清波漾，

童子嬉笑扑春风。

天空湛蓝山青远，

花舞人间游行浓。

微汗步轻赏春景，

浑然不觉快半生。

[题记] 到新津参加山东朋友二孩百日宴，时序
未出正月，可花舞人间已经是真正花的海洋。

2017年2月27日

庐山恋组诗

看电影

头顶晶亮星，露天观电影。

庐山老别墅，百年住豪英。

山风渐渐凉，抬眼月更明。

故事耐寻味，欢喜长久情。

游庐山

红色庐山人清爽，

天空瓦蓝体感凉。

跃上葱茏国昌盛，

此地好景游客忙。

大天池行

山风凉凉圆佛殿，

暗香阵阵龙首岩。

念念不忘天池水，

心情朗朗大龙潭。

庐山初感

初上庐山意难平，艳阳高照雾无影。

避暑清凉传佳话，佳景如画游山岭。

汉阳峰傲大雄鹰，仙人洞口心意明。

花径园里忆唐宋，如琴湖边漫步行。

独行

旋步别墅群，

悠然湖边琴。

风骚百年过，

明月照松林。

湖边塔前

如琴湖边听琴声，

诺娜塔前览胜景。

且扮少女拍小照，

风雨过后是天晴。

云雾庐山

台风过处雨滂沱，庐山雨后浓雾生。

亲见如烟钻窗入，气温骤降霎时冷。

亭台楼阁烟波转，云低雾绕若仙境。

闲来翻阅庐山志，多有沉重少轻盈。

[题记]《庐山恋组诗》写于2018年7月9日到18日，我平生第一次到庐山，既到三叠泉做了庐山客，又到石门涧看到了庐山真面目。庐山的历史、文化、风景令我着迷，又令我感慨。

2018年7月18日

FEIYING YAYUN
LANTIAN
SUIYIN

第六部分

闲情篇

临江仙·紫薇

夏锁浓荫香归路，可怜一树芳华，而今斜睨灿云霞。梦当可以得，心里暗朱砂。

世事随风花如雨，芳菲依恋谁家，从今难遇隔天涯。休思尘世事，独爱紫薇花。

[题记] 上班路之两旁有紫薇树，也许是熟视无睹，也许是留意不够，今天方觉得雨滴锁住的紫薇好美，花期又长。其虽无倾城之色，亦无绝香之味，但别有一番风骨。

2016年8月3日

暮秋午后

　　黄花芙蓉连枝，秋叶几番染色，闲庭信步草地软。耳畔阵阵机鸣。

　　暖阳慵懒日胜，雪山终年白头，心平气和伴长空。万物过眼云烟。

　　[题记]成都别名"蓉城"，这个时节，芙蓉花开得爆棚，红的、粉的、白的，连枝连叶。部队训练正忙，秋高气爽，我也隐约感到了秋暮的温度。

2016年11月3日

参　观

　　晴空雪峰露脸，万物竞相展颜。闪烁将星几争荣，群鸟齐鸣复和声。桐华正香浓。

　　绿草腰肢渐挺，杜鹃娇艳依旧。樱花落红缤纷雨，水杉娉婷着绿衣。陶醉春光里。

[题记] 西部战区首长机关到我部参观空军武器装备静态展示，在外场迷彩战地帐篷就餐，此次活动组织缜密，参观者非常满意。

2017年4月12日

春　悟

　　一树樱花瓣千层，春绿五色相映，蝴蝶蜂戏落花丛。银杏摇翠叶，香樟鹅黄生。

　　春满人间欢声闹，西岭含雪云绕，美好岁月莫辜负。埋首肯学习，多写诗和词。

[题记]部队改革调整，我早晚要从领导岗位上退下来，还能为部队为大家做点儿啥呢?学习再学习，追求真善美!

2017年4月10日

一剪梅·闲散时光

初夏时节雨轻摇，一个时辰，脸色柔娇。
举杯抚掌蝶依花。呆坐茫茫，吮指幽幽。

我自安然不含愁，眼波散开，不语神游。
此心汹涌却无梦。荏苒岁月，谁可骄傲？

[题记] 耐得住寂寞孤独，看得进经史子集，热
闹得起来，安静得下去。这就是我。

2015年5月22日

早春小思

楚天蜀地两来回，晴天抱暖阳，片片油菜花，闪金光，醉心芬芳。

玉兰花盛，长空万里，春风度物荣，清茶伴书香，细思量，人生何往？

［题记］我晋职副师已经快一年了，以后是继续在部队干到退休呢，还是转业到地方工作呢？纠结，很难下决心。

2017年3月17日

春暮有感

　　春末夏初人恹恹，花自飘零，风荡水波漾。樟树梧桐排队列，银鹰编队呼啸过。

　　三省吾身自清清，行动从容，思想驰骋跃。曾经飞行千万里，投身军旅风雅颂。

　　[题记] 从食堂午饭后回公寓，我抬头刚好看到三架编成队形的飞机从营区上空通场飞过。

2015年5月15日

随　笔

　　骄阳暖暖，夜雨新洗空气好。树树春光，玉兰正怒放。

　　闲思独坐，听闻飞机鸣。可知否，心静如水，厚德轻浮名。

[题记] 明天是妇女节，我并没有要休息，也没有这个习惯，还是安排飞行吧！

2017年3月7日

忆秦娥·咏岁末

蓝天阔，万里江山铁翼展。铁翼展，叶枯花落，梅香迷眼。

天寒数九迎岁末，开年春到万物苏。万物苏，千山叠雪，白云铺路。

[题记] 走在小路上，暗香阵阵袭人，天气很冷，可极冷过后便是春天，自可转暖。

2016年12月30日

鹧鸪天·冬至

雾霾天里静物生，枝丫不动似心情。杜鹃花重多颜色，仰首蓝天望铁鹰。

凤求凰，暗香盈，临邛千载爱情浓。铺笺提笔无思处，待得天晴月渐明。

[**题记**] 迎新晚会上，一曲《凤求凰》陶醉了众官兵，词曲均为上乘之作。听说表演者是上过中央电视台的，很喜欢。

2016年12月21日

64

诉衷情 · 夜语

昨霄浅睡梦轻盈，今朝细雨零。白云行单影瘦，总有故人情。

诗意浓，呼吸轻，月光朦。发散衣宽，香笺着笔，寄语无凭。

[题记] 老公出差去了，我很不习惯一个人待在家里。平常在部队倒是非常习惯，生活也比较有规律。

2016年5月27日

秋

晨昏清露惹花蓉。朝霞娇，月当空。露润草绿香满路。水杉挺拔，金桂芬芳，思乡情依旧。

银鹰冲天无夜眠，雪峰千年傲苍穹。银鹰万里去巡航。早秋明朗，梧桐展翅，今朝又艳阳。

[题记] 每年到这个时候，正是训练旺季。天气好，满眼赏心悦目的美景。漫步营区，我听着飞机轰鸣声，心潮起伏。

2017年9月7日

鹧鸪天·踏冬

晨起碎雪蜀地飞，转瞬风住碧空美。湖边桂绿竹林翠，红豆寒梅紫色菲。

人未老，气不馁，徘徊游走不需陪。如今寒气有何惧，晓梦回乡心可偎。

[题记] 在四川盆地看到飞雪不是件容易的事，虽然气温低，体感冷，我的心情还是很不错。

2018年1月8日

谷雨后

游走江岸，翠竹招手望江亭。春花已寥落，遍寻无语。

纱云轻漾，远处雪峰多巍峨。槐花香，春风冷清，绿意漫卷我。

[题记] 去空军452医院体检后，沿锦江一路走来，不知不觉到了望江亭公园。

2017年4月22日

68

绿

骄阳初烈，举步抬眼羡美色。雨后叶子光鲜，七彩绿色。

月季一枝，花香且色艳。绿意合围，颔首自笑，漫漫夏光里。

[题记] 上班路上，惊诧于夏初新鲜的绿竟是这么美，我的心情好极。此时看到一枝月季，绿叶红花，标致极了。

2017年5月12日

神　游

沐浴更衣，斜倚靠枕轻翻书。星月照何方，秋深夜静。

素颜纤手，凝神空无物。凭心问，头脑深处，忽然思青海。

［题记］我趴在床上，看《明朝那些事儿》，不知不觉夜已深，想到去青海湖时的情景了。

2017年10月18日

70

迎中秋

秋雨尽洗杨柳新，

蓝天白云逢知音。

桂子飘香中秋近，

又惹相思相聚心。

[题记] 我走在去办公楼的路上，一阵阵桂花香
气袭来，红色的月季伸展着腰肢似笑脸迎人。
"每逢佳节倍思亲"，何况是中秋团圆节呢？

2017年9月18日

中秋二首

其一

桂树飘香菊花黄，

家家户户相聚忙。

天南地北异乡客，

梦里最多是故乡。

其二

蓉城中秋节日欢，

红酒连杯若等闲。

遥望福州临江月，

府河岸边雾雨纤。

[题记] 今年中秋节，儿子在福州执行任务，我们夫妻俩在成都过节。丈夫要值班两天，算是革命化节日了。每逢佳节倍思亲啊！

2018年9月23日

雅室小语

春花谢幕夏绿浓，

蝉鸣树梢怅心胸。

何日闲暇飞翔去，

白云雪峰相映生。

室雅不需装饰靓，

明月清音赏诗文。

此境忽然心念动，

情深最忆是故人。

[题记] 春夏秋冬周而复始，机关工作多年，重心已不在飞机上，但初心未减，飞机的轰鸣声就是最美的乐章。人在公寓心在远方。

2017年6月9日

雨　后

一夜春雨润万花，

海棠娇艳斜枝挂。

为看美景绕路走，

香樟嫩芽如新茶。

[题记] 我长着一双发现美的眼睛，我感受着季
节物候的变化，记录它们并热爱着它们。

2017年2月8日

漫步遐思

露浓霜降迟，

芙蓉正开时。

红叶何须染，

蓝天写诗词。

鲲鹏舒银翅，

娇娥穿云翳。

叶落秋寂寞，

人生有价值。

[题记] 每一位空军人都是奉献在军营，建功在军营，不分性别，不怕牺牲，年年岁岁，不忘初心，不改初衷。

2017年10月23日

秋　语

秋柳摇风晚桂香，

梧桐叶落天气凉。

金盘吐蕊蜂蝶绕，

嫩槐何故复春裳。

[题记] 在办公楼前集合，我忽然发现一棵龙爪槐
像极了春天时刚吐出嫩绿色叶子的模样，而蜜蜂和
蝴蝶飞来飞去，恍然觉得时光倒回到了春天。

2016年10月28日

远 飞

雪峰苍万里沙扬，

塞外寒亘古洪荒。

柳绿花艳天府处，

多少亲人思异乡。

[题记]一次次从成都起飞，一次次落地新疆，
特别是冬天和早春，两地反差极大。有许多战友
戍守边关，而家在成都的妻儿亲人则思念着远方
的他们。

2018年3月17日

临江仙·暮春小思

春暮营区阳绿满，闲听三两蛙声。繁花尽去杳无踪。壮志依旧在，飞舞万千重。

春鸟难知人世事，啾啾还在争鸣。樱桃红嫩绿叶中。春光仍正盛，池水映日红。

[题记] 我走在营区人工湖畔，抬眼望去，任意角度，景色都很美。不禁感慨连绵春雨过去，天气一晴，太阳照在身上开始热，方觉夏日真要来了。

2018年4月19日